風《かざ》魂《だま》

松田義信歌集

松田義信

文芸社

『風魂』に寄せて

伊藤一彦

文人という言葉をこのごろ聞かなくなった。文人が今の世の中で少くなってしまったからだろうか。言うまでもなく文人とは、詩文や書画など、文雅の道に深く携わる人である。単なる文学者ではない。

松田義信先生を一言で申しあげれば文人である。現代に稀になりつつある文人である。含蓄のある文章を多く書かれ、豊潤な詩歌を次々詠まれ、書画については創作も審美も一流である。そんな松田先生は宮崎県の県立高等学校の校長職を長く務めるという要職の人でもあった。繁忙な日常生活を過しながらの文人の生き方だったのである。いや、この生き方こそが文人であろう。余暇をもてあそぶ中から生まれるのが文人ではないからである。

本歌集『風魂』はそんな松田先生の近作を収めた一巻である。先生の万年筆で書かれた健筆の原稿を拝読しつつ、まず思ったのは、どこにも発表されず、これだけの秀作佳作を詠んでおられることに対する驚きだった。依頼されて詠むのでなく、誰かに見せるためでもなく、ひたすら詠まれているのである。まさに文人の歌と言えよう。そして、どの歌も格調高い韻律で歌われているのもさすが文人らしいと感嘆する。松田先生は早稲田大学で国文学を学んでいるときに、窪田章一郎先生の指導を受けられたという。その学びが十分に生かされている作品と拝察する。

歌集名に採られている「風魂」の一連がⅢ章にある。

稔り田に還す難《かた》しき休耕田荒れにし畔《あぜ》畝を孤り足《あ》裏に
飼葉食《は》む仔馬いとしむ人もなく馬もいづこに懸樋の水音
日の灼《や》けば野良着にホーホィ父母の招きし風魂《かざだま》ま胸に呼ばな

吾が髪の白むも見らで親逝きぬ　まじまじと見つ子の髪のいろ
小学の三つを併《あは》す中学の五十三人山彦いづこ
山川の土手一途《すぢ》に鯉幟り吹く連《つらな》りにぽつんと家あり
野も山も飛び交ひ啼きし鳥聞かず片荒れすさむ舗装の一筋

県内の山深い地の故郷のかつてを偲びつつ、変貌した現在を嘆息している一連である。「勤農の生涯だった」の詞書のある三首目はとりわけ印象深い。日に灼けた野良着を着た両親がかつてホーホィと声に出して風魂を招き寄せようとした思い出を胸に、いま少年に還ってホーホィと叫んでいる松田先生の姿である。

II章の「天界」は愛妻を喪った慟哭の一連である。

誕《うま》れ日にひとときは和《なご》みし妻の笑み四月《よつき》届かで逝く八十二
世話やかすことなく逝きぬみづみづし頬のほころびとざすことなく

天界の母みつらむか逝く妻をくっと眸《まみ》俯せ送るわが姿《かげ》
人の生《よ》を諭すごとかりあまりにもま白き骨を箸移しする
火葬処《はふりど》に熱きみ霊《たま》を箸に執る孫のさゆびのふるへ目におく

連作すべての歌を引きたくなる絶唱の一連である。哀傷歌は作者の想いは深くても類型歌になりがちだが、松田先生の歌は全くそうではない。妻の死を受けとめる情愛の深い心と卓越した死生観が真率な言葉と韻律で表現されている。
愛妻を喪ったその後を歌った秀作が続く「ねぎらひ」の一連にある。

ねぎらひを言ひよどみきて満ちゆらぐ五十八年をわぎもこは逝く
供へ花えびね紫蘭に白菊ら剪《き》られしのちのいのちに活きる
相合ひて五十八年若からぬ生命《いのち》保つをいたはりもせで
袖通す夫《つま》の姿を見むとてか仕立し浴衣妻の箪笥に

耳残る一つとなりぬそれとなく母語る子らの死とふ言の葉
哀しみを拾ふがごとくに孤《ひと》り身の洗濯物を西陽にたたむ

まことにしみじみとした歌で、思わず涙を誘われる思いだが、作者の姿は悲しみを怺《こら》えてあくまで凛としている。文人の風格はまぎれもない。

他にも多くの秀作を含む『風魂』である。現代の社会を鋭く歌った作、自然の佇いに敏感に目をとめた作など、一読忘れがたい。読者諸賢がじっくりとこの一冊に目を通して下さることを願うばかりである。読者諸賢は人生において最も大切なものは何か、自分が持っている心の宝とは何か、について深く思索をめぐらせられることになると思う。

目次『風魂』

Ⅱ（二〇一一〜二〇一三）

Ⅲ（二〇一一〜二〇一三）

Ⅳ（一九四五～一九五三）

I（二〇一一〜二〇二二）

初風

二〇二二、一、一六　白州の祓ひ

歳嵩《としかさ》む禰宜祝る声の呼吸《いき》たわみ　鵜戸の海《うな》かみひたわたりゆく

※＝日向灘を臨む洞窟に鵜戸神宮社あり

去年《こぞ》の護符斎庭《さには》に祓ふ宮司《みやづかさ》袍の袖捲く　鵜戸の初風

新燃岳

二〇一一、一、二六噴火

噴きあぐる烟さなかにどぼっどばと新燃《しんもえ》の雷煌《らいきら》めく夕べ

※新燃岳＝霧島国立公園連山の一つ

重々し火山灰《よな》さりさりと日もすがらうすらも昏《くら》し鳥かげもなし

※よな＝噴火で微粉状の地表に降る酸性灰土分布地方の呼称、霾《よな》

たちまちに二千メートル天に噴く新燃地底の火山灰《よな》浴ぶすなり

すは爆発噴き昇りざま二千メートル湧き湧く火山灰《よな》　雲を生《な》しゆく

散る風に火山灰《よな》捲きしきて失《う》すライン道よろぼひつハンドルの手も

溶岩の削がれ深しも涸れし川　火山灰《よな》降らば土石流心に聴けり

肉の盪《とろ》め

十二指腸吻合部狭窄精診二〇一一、六

病む窓ゆ遠みをかすむ山嶺《やまはな》に八紘一宇の建国の塔

夜も一夜《ひとよ》血潮に馴染む点滴のソルデム3A間合ひの無音

吻合部検視にそなふ食絶《じきだ》ちの朝あけの空春燕飛ぶ

五日《いつか》経て食絶ちに診《み》る吻合部十二指腸の肉の盪《とろ》めき

ビル街の眠る地平を朝かげに病ひの窓にまどろみ見けり

ためらひを病みのこころに巻き雲の淡あはしかげ病床《やみどこ》に差す

大震災

一ついのち犬救ひ抱く身のめぐり瓦礫の天地《あめつち》陽のたをやけし

負《め》げまじと口ひきむすぶ被災者へ　頑張《ガンバ》ってネに　身ごころごごゆ

なにもかも失くして了《しま》ったにおぼおぼし　差し伸ぶる手に涙みるとき

ニューヨークのタワーに東日本の惨事

タテざまの9・11　ヨコざまの3・11　崩るる惨《むご》さ縦横もなし

大津波現象界のくづほれに　仏《ほとけ》道語らふ棒立ち二人《ふたり》

初めて二人しての旅があった

東北の災害三県妻と在り　珍らかに訪ひし日たちまよふなり

三陸より西表島に漂着

黒潮は津波の瓦礫になにを問ひ親潮に乗せ島へ漂《よ》せしや

大気汚染漂流瓦礫生《よ》を諭す　国境《さかひ》窮めし天地《あめつち》として

西表《いりおもて》、琉球の端《はな》マングローブまたマングローブたゆたふ大川

まなこに

ゆさゆさと揺《ゆ》さぶ花あり　はらはらとこぼつ花あり　いづれにやわれ

祖父母らの梅雨《つゆ》を「ながし」と言ひてしを降り止まざれば〈長雫《ながし》〉と憶ひつ

しほしほと雨の些庭《さ》を小走りに巣づくり小枝嘴《はし》にとる鳩

手習ひし謄写版字の筆圧《ひっあつ》の気配はつかに吾が文字づかひ

直《ぢか》に噴く地脈の冽《きよ》き伏流の勇むま泉まなここに掬ふ

小二からの役目だった風呂焚き

焚火せぬ嘆《なげ》きも持たぬ時世《よ》となりつ　直火《ぢかび》目遠き湯浴む少年

緋連雀

嘴《はし》つらね羽すぼめゐてありつるを飛ぶに孤立の胸見つめけり

ま厳《きび》しき戦《いくさ》ありし日の　日々の歌こゐ胸に触る　月月火水木金金

伊東・島津の対決・耳川

対岸を戦国の代《よ》の怨念の消せざる里と今に民言ふ

※耳川＝神武船出の地という日向市

かつては白砂青松の景勝地

小止みなく砂削ぐ波の一ツ葉に潮目朝日に止まず縺《もつ》るる

※一ツ葉＝日向灘宮崎市

マッチ擦る炎《ひ》も縁とほき若きらが点火の巨火にまなざしそそぐ

「雨過天晴破雲処《あめやみしくもまのあを》」を冴えざえと青白磁《はくじ》とは作《な》す伊万里焼窯《やきがま》

※＝後周・柴栄皇帝の言葉

遠すぎる老いのさだめとあたためて　ま裸のルノワール体温きざす

効《いか》し湯

二日市温泉

いつ病むも皆もつともな齢《よはひ》もてともがらどつとカメラに笑ふ

ふつふつと泡《あ》ぶきのたたく効《いか》し湯に　双脚《もろあし》伸ばし仰ぐゆく秋

太宰府にて

幼などき名を諭されし手習ひに思ひの省る太宰《かへ》の宮まへ

※学問の神を祀る

わび棲みし道真《ひと》を語りてことごとに梅ヶ枝餅を旅苞《づと》のひと

湯に憩ふ筑後の河岸《かし》のをちかたに数へもつきぬ柿熟れにけり

耳に汲む筑後の瀬音あそぶ間も湯の旅の湯のかけ流す音

星野温泉の湯池の山荘

ひと尋《ひろ》もま黯《くろ》にまろみ寄る鯉の山の沼湖面《ぬまも》のかうほねゆらす

※かうほね＝植物の名

たたなはる棚田のま空にありつくす星にゆかしむ名の星野むら

もみぢ燃ゆ木ぬれのかげに浴みとはる靄《もや》たつ露天に夕づつの光《かげ》

銘茶を誇る里びと
山あひのなだりにせばし茶の畑の青深きかな家路遠きに

指

スマートフォンなぞる者らにふと気付く　聴覚消えし肉冷ゆる面《おも》

目賢《めがしこ》く電車に座すやひたすらにスマホに生《あ》れし行きやまぬ指

手錠はく者にかも似むさむざむしスマートフォンに吸はれしその目

少年の掌《て》にスマホあり余念なく彷徨《さまよ》ひ無辺一本の指

ピカドンは原爆のことかの眼の其処《そこ》に淡《あは》々白きスマホ手若し

身めぐりに手に手に薄きスマートフォン吊り革の目車窓に揺らさず

涙の数ほど強くなれるよ

耐ふべきに耐へえぬわれをつら憎み唇かめば〈トゥモロー〉の歌詞

契丹展

遠つ代《よ》のトルキの品によみあはす契丹の風《ふう》大和の風に

※契丹＝唐の後耶律阿保機時代

緘黙

かさかさに心干《ほ》すほど傷付《きず》けむ怺《こら》ふ瞳《め》もとの黒髪のゆれ

自《みづか》らを醜くく思ふひと日をば自ら棄てむと診《み》る脈と体温《ねつ》

夜をこめて涙にじめりけふひと日傷《きず》付けし人こころに立たす

おもひきり人間を棄てよにうち浸り傷付けし人瞼《まぶた》を去らず

昨日今日染みなくあそぶ雲もなく鳩つがひつつ空を羽撃く

只今に在る吾《われ》として思ひみる　静脈に泛ぶそぞろの色を
砕《き》り裂かれ石垣　生コン　陶石ら石に声きく地蔵の野の径《みち》
渾身の悲傷《いたみ》に出づる緘黙をもっとも勁《つよ》きちからとはせむ

月に手向ける人あり

名月の日に重なれる満月に　然《さ》う　なすべきと厳《いか》しき合掌

日の幾日《いくか》熾火《おきび》炎に燃え生《あ》れむ磁器《うつわ》の白き可惜《あたら》しむまで

腕時計腕よりはづしみづからの時間を止めし三島由紀夫や

※時計は三島の時間の象徴

宵居誘ふしばし仰げば高貴《たかだか》し星の天燦《てんさん》数を乱さず

Ⅱ（二〇一一～二〇二二）

天界

二〇一一、一一、二二　救急車で入院

なにみむとめがねめがねを娘《こ》に請《こ》ひき残せしちから声ととのはず

臥すそこに居もあらざるに女《め》の孫にいつもの手提げ……で声とぎれけり

ベッドから下りたいとのみみ目は瞑《と》ぢひと言こひて醒めで逝にけり

二〇一一、一一、一三　人工呼吸器処置

心搏《しんぱく》の数値見つつに手に熱き四十一度の肌躰《きたい》を記憶す

すっすっと消ゆるを知らず浮き沈む死に際《ぎは》の呼気《こき》に老蔵の過去

生き死にの臨終《いまは》のみこゑ拒《こば》まむを時さだめなくふとしも聞《きこ》ゆ

呼吸器に生きつづけゐる間歇《かんけつ》の息熄《や》む際を思ひ拒《こば》みき

医師二〇二一、一一、二四、三時四十分ご臨終と黙す

及ばずと刻《とき》告ぐる医師より心搏は一〇分さきにこと切れゐたり

児のすがり妻睦みにし肌も脱ぎ湯灌の果ての口紅の笑み

通夜もよふ二夜《ふた》湛ふるにほふ頬　つゆ知らず指髪梳きて居つ

誕《うま》れ日にひときは和《なご》みし妻の笑み四月《よつき》届かで逝く八十二

世話やかすことなく逝きぬみづみづし頬のほころびとざすことなく

霊殿《たまどの》のゆらふひとみへ孫のヴァイオリン澄み鎮み奏づしなふ手の声

ま白なる菊の溢れの霊殿へ訣《わか》れま窈《ぶか》しま榊の幣《ぬさ》

音沈む霊柩車のクラクション呼び戻し請ふがにひたにこもれり

天界の母みつらむか逝く妻をくっと眸《まみ》俯せ送るわが姿《かげ》

焼き室《むろ》の扉音なく開きなば軋る台車に柩は呑まる

未来時間　面《おも》に浴みつつ手を止めむ　燃え立つ今をおもざし恋ひて

骨みつむ吾《あ》を灼くごとき熱を浴み揃ふくるぶしのど仏まで

人の生《よ》を諭すごとかりあまりにもま白き骨を箸移しする

火葬処《はふりど》に熱きみ霊《たま》を箸に執る孫のさゆびのふるへ目におく

ねぎらひ

四代を家系図と作《な》し子に伝ふ長幼の序　冠婚葬祭

ねぎらひを言ひよどみきて満ちゆらぐ五十八年をわぎもこは逝く

語る日の涙ぐさとなる供へ花危ぶみて咲く亡びの冴ゆる

供へ花えびね紫蘭に白菊ら剪《き》られしのちのいのちに活きる

すでに亡き甕《かめ》に漬けたる妻の梅　悲歌静み満ちにほふ紅《くれなゐ》

朝なあさあらたに手向くる熱き茶を榊の霊殿細き灯《ひ》あかり

言ひ交わす時のかなはず天空の沈黙胸に磨る墨のいろ

ま命《いのち》のさかりもありき子育ての汗も涙も母を乱れず

白銀《しろがね》の髪初《そ》むころに子らもはなれ　鏡台《かがみ》に座《すわ》ることなし　妻は

緋に開くもみぢ葵の昼燃えよ妻逝かしめて八月《やつき》経る初盆《ぼん》

いかばかり慈《いつく》しまれしを想ひてむ供への酒を孫のとどくる

もはや亡きと思ふをりふししっかりと家居《へや》の窕《ふか》みに妻の眸《め》に会ふ

父が手をわづらはさじとかねがねに母は言ひしとふっと娘《こ》のいふ

相合ひて五十八年若からぬ生命《いのち》保つをいたはりもせで

心して空調《エアコン》容れよと帰るさに亡妻《つま》さながらに気づかふ長《をさ》の男《を》

想夫恋といふがあれば

亡婦恋一字遣ひをかみしむる人こもごもに恋ふる思へば

さびしみのそぞろ倚りくる湧くごとく声ほととぎすかすめゆくなり

袖通す夫《つま》の姿を見むとてか仕立し浴衣妻の箪笥に

「世」の上《かみ》にこの、あの、を措き隔て問ひ逝きにし妻を　夕あかる浜

耳残る一つとなりぬそれとなく母語る子らの死とふ言の葉

おし黙《だま》る固定電話の素直さに逝きにし人のまぼろしかたへ

哀しみを拾ふがごとくに孤《ひと》り身の洗濯物を西陽にたたむ

余恵

勤労の「流汗淋漓」ふとよぎる確かに生きて大和魂

ガンバローは嫌な言いぐさ悲しみの妨げと説くデーケンを読む
※デーケン＝ドイツの哲学者

在ることの器量といはむ　金星の半月率きし光の氣品

木星と連れだち煌めく天球の　軌道《みち》は金星の呼びかけと見む

起き出でし彼岸の入りに光芒のすそ曳く虹に一日はじまる

曼珠沙華墓筒に燃《も》しやさしかる　ささ雨しばし　彼岸の祖霊《みたま》

何請ひて墓石のひとつに手向けしか　花筒に花うす枯れにけり

祖《おや》びとは死するを知りて祈りしや　生きゆかむとし祈りなせしや

鵙《もず》のみが声なす梢《きうら》も影低く　目のかぎり団地《ニュータウン》となりゆく田舎

聞きなれぬ〈爆弾低気圧〉故知らず静かもならぬ感情にあふ

立つ位置は違《たが》へど画架《イーゼル》の絵相似るをなれば夫婦《めをと》か矯《た》めつつ思ふ

みづからを降りつつ亡ぶつかの間の瞬時の白き雪もありたり

咲くを見むと植ゑにしそれら咲く春に三面記事にとらはれにけり

咲きてよき過ぎにし花を目におきて春あらし乱すひかりと活きる

ホウレン草　粗《あら》草凌《しの》ぎ艶やけく神ながら奏でる大地の肥《こや》し

青年といふこともあらなく今にあり俄にも剃刀頬《ほ》にあつるかな

海山の太古をいはず死人見ず原爆といふ大地《おほつち》に生き

しめやかに貴女《あなた》さまとふ聞く声の古民家訪へり人むれ謐《しづ》か

老女らの手押車を目に追ひて乳母車とのへだて追ひけり

人の居ぬ不在をしきりに思ふあまり　あらためて吾の不在に冷ゆる

失敗の経験がないとだめをふと　含み笑ひに気象余話聞く

あっけなく昨日その前《さき》ほどほどもそこそこ生くを余恵と思ふ

いつ知らに目に供へ花か　老いの手を花コーナーのコンビニに見る

身ひとりのひとことも言はで日の没《い》るをひろく動かぬ邃《ふか》む空あひ

都城市関之尾の滝

おほらかに猛ける垂水《たるみ》の一息の飛沫《しぶき》に勇む思ひ溺れて

墨のいろ

こころ急《せ》かす時間と出会ふ部屋ごとの四個の時計　秒針《はり》のひたすら

没《い》り日射す地平に背向け立つ影に　ただならぬもの思ひ迫りく

台風の勢ふままに汽水河の遡上の浪のかたへに猛ける

すばしこき架線工事の手の技のクレーンボックス熄むに吐息す

驚きつ〈生きなれぬ〉とふひと言のわれに顕《た》ちきて親しみ湧きつ

時にふと行《おこな》ひすますを口にいひ　ふっと教科書　昭和の修身

声もたぬ人しかくやと身ひとりを没り日見つつに黙《もだ》すひすがら

固唾《かたづ》のむ臨死聞かせし若き友遠つ日の面差し何処《いづこ》定年をいふ

心のあらわれとしいふ小手かざす　逞しさ言ひたきその手

いつしかに知るよし失せし友の名を訃報に聴くや冥友の儀

しめやけく玉串手向くる沈黙に身を曳き曳きて死を送るなり

言ひ交はす時しかなはず天空の沈黙胸に磨る墨のいろ

むなしさは吾を活かすに相対ふ者なしと言へず喫む朝明けの茶

レプリカ

中学は五年制の男子のみ

叱咤されし英、数、国、漢、旧中学《ちゅうがく》に厳《いか》しき響を遊びゐたりき

医刀《メス》をもて切るわざありや忽然と「精神外科」とふいぶかしき名よ

尋《と》め行かむ宛も消えゆきこの日まで出会し友のいくたり数ふ

グラス手に笑《ゑ》まふ友との一夜《ひとよ》さの欲しい儘《まま》なるカラオケの語気

日に日に『きけわだつみのこえ』読み終へず
われにいたましことばのつばさ

祷りして後斧入れす

郷里《さと》に来て唱へに聞きし斧入れの山の不可思議　記憶の言霊《ことだま》

風道はこれなりしかとほの思ふ限界集落の夕かげる径《みち》

身めぐりの逝き逝く人を葬《おく》り終へ媼ほろろにま哭くことなしと

陶土《すゑつち》に根差すまいのち厳《いかめ》しき兵馬俑立つレプリカなれど

「見えぬものでもあるんだよ」金子みすゞを立たしめてま閃けり
原発放射能

従容と輝き燻《いぶ》す白銀《しろがね》の搭乗を数《よ》む黙示の翼

八重山

石垣島

八重山の山菜といふを石垣にアダンちゃんぷる口に親しむ

※山菜＝食材におおたにわたり

入り潮の速き川平湾《かびらわん》の珊瑚礁グラスボートの底に疊《たた》なふ

いそぎんちゃく揺《ゆら》ふるかげを彩《いろ》立ちにあまた魚《な》の群矢衾《やぶすま》に似る

竹富島

朱の甍《いらか》シーサー厳《いか》しく踏む下に　仏の間設《お》く島は竹富

※間＝部屋

長男に嫁《とつ》がば弔《とむら》ふ七年目埋めおく遺骨《ほね》を洗ふがありと

真砂路《ますなぢ》の狭《せば》しき辻に脚《あ》を止めて水牛ことなく屋形車《くるま》かはすも

もったりと御者の言葉《さしづ》を耳朶《みみ》聡き水牛と巡《ゆ》く島の竹富

珊瑚礁にもみあぐる波の彼方して細小《さざ》みて凪る名護の海原

今帰仁《なきじん》に群馬茨城それぞれの訛る修学生徒《こら》の歓喜す

長城の思ひぞ泛ぶ城疊の今帰仁城趾珊瑚の曲輪《くるわ》

沖潮へいかなる賊を見据ゑしか今帰仁城を廻《めぐ》らふ砦

※長城＝万里の長城

男坂《をとこ》登りし剛気をあまさずも女坂《め》もめざせし万里の長城

残余

明けに起きつつましく喰《くら》ひ日を為さず明日もかくやと夜を眠りをり

砂逃ぐる護岸工事に過ぎゆきの白砂青松視線《め》に保つ

松籟を聴くよしもなく陽に染まり漕ぎたみし航《ゆ》く影追ひにけり

航空基地F15の脇見運転警告板不意に現はる道は高速

病床の友

不精なる面《おもわ》みせじとかたくなに入るを拒みし友を見舞ふも

怺へえで涙にゆがむ病む友のつゆみせざりしよき顔に会ふ

年越しを恙なきにと犒《ねぎら》ひの微笑《ゑみ》うけつつも残余思へり

焼きたてに干柿《ほしがき》包み餅を食ひ祖父との甘き幼に還る

雨か雪こぼれむま空おんおんと　死の気を溜むるひかりの重き

この齢で死にたくないは無いものの生き貫きたいはかくせずにもつ

人の生《よ》は儚しといへど老陽の人にし会へば果てぬ嗜み

見えざれどげに侘しさや　うとましさ　うら哀しさとあまたまとへり

賀状書く日のせまりきてゆくりなく浄暁の二字晃晃と顕《た》つ

元号あらたまれば

世替りてもなほ経る年にあらたまの数への齢を身定むるかな

式場は十八新成人と呼び勇み　移り年着競《きそ》ふ二十《はたち》のホテル

ここだけのめぐすりの木の飴と勧むるを競にのりて旅苞《たびづと》に服《の》む

ハウスよりも露地採りたての「日向夏」のふくよかに輝る安き値を買ふ
※日向夏＝宮崎県固有のなつみかん

天寿をば思ふ折ふし50年の各部署の庁舎老朽《おい》ぬの紙面

消防士試練も火色《ほいろ》の防火服焔《ほのほ》の化生《けしゃう》を雄哮びたたむ

※化生＝変化・妖怪

Ⅲ（二〇一一〜二〇二二）

眼びかり

中島美術館

山脈《なみ》のうららな尾鈴嶺《ね》見る丘の美術の館《たち》に里ことば聞く

※所在日向市

静寂の四面に生《あ》れ初《そ》む吾が孤独　目なざし襲ふは横山大観

つぶやきを溶きつつ彩管そよがせしさま泛ぶなり謐《しず》む日本画《やまとゑ》

繪の大家《をさ》の昭和五山の豊黙をくまなく汲まむと時深くなり

※五山＝東山魁夷　杉山寧　高山辰雄　加山又造　平山郁夫

いささかも許さぬ五山の眼びかりに息づき渇き瞬《まばた》かずけり

素直なる羨《とも》しき友の歌を手に鬱屈といはる吾が歌責めず

降るままにいのち溶け失す水雪を見ず雪と解く宮崎のわれ

申告の義務なきほどの年金に吾《あ》は今生《こんじゃう》をちまやかに生く

ことばはいきもの

諦めて投げ出すことを負けといふ母居ますなり現身《うつしみ》となり

「人間を知るに短い80年」投句に緊《しま》る今日の朝刊

入れ薬今月使用は無しといふ確認を聞く孤《ひと》りのくらし

守り柿啄む鳥を目に追ひて診察券の嵩をし数ふ

享年は数えが宗派のならひてふ法話ほつほつ遺影楚々たり

給油了へ釣銭口に触れぬまま　ただならぬ吾《あ》を責めにし一日《ひとひ》

泣きむせぶ稚児の俄かに笑《ゑ》み笑《ゑ》みてわが面ざしに声とどけたり

歳月

旭日を拝めと昭和に諭されき平成の夕日に心鎮《しづ》むる

礼拝から始業となった

教室に拝みし神棚小学の思ひ離れじ生き計《はか》るなり

七十にして訪ねし母校

小学の育ちに裸足のわれをありスリッパ履き児らに対き合ふ

やねよりと板書をするや一斉にタカイコイノボリ唱《うた》ひ初《そ》む児童《こら》

七十余踏みにし年にひらひらと母校に見たり眸《まみ》ひろむ児らを

かつて一〇〇を超えていた
一人入学六つ年《とせ》を結ぶ手十二　棲み棄《す》てし人やいくばく

日南市には嘗て伊東藩があった
山波《さんぱ》楼　枕流《ちんりゅう》館など在りし飫肥《おび》　陸の孤島と城趾《あと》に聞く

飫肥杉の美林展望台に立ち眺《み》るを視界《まなこ》に頭《た》つは伐られし傾斜《なだれ》

幼な日のすもものの色のたちかへる丸ろむを指に労《いたわ》りもぎつ

活き肌の丸ろむすもももをさはさはと触《さ》やるやいなや掌《て》に乗るうれし

刈る髪を誕生日祝ふ「筆」にすと貼紙ありしにみどり児勇め

一日はある日の意もてば
〈一日《ひとひ》〉とふ名の子供居て毎日を一日となぞへし親のうれしも

数かずを童謡放映に口遊《ずさ》む口うらに発《た》ちながらふ抒情

雛鳩を舗装に落し幾度も鴉の呼ばふは厚みもつ嘴《はし》

仔にくるむ胸毛噛み抜き巣作りす兎のいのち飼ひし日還る

名も知らぬ咲き初《そ》む花に出会ひたり　異国思はすたしかなしばし

萌えわたる松の嫩葉の最中《さなか》なる小枝の枯葉花と束ねて

五十秒の地震《なゐ》るながきを体感す動かぬ地震の特号活字

果てもなき極みに一機音遠く一直線の雲曳きひかる

感知するままこそ我のいのちぞと思ふを生と禅に学びつ

自らを放たず裡にふかぶかと観るを己の生と問ひみる

巻き戻す時はたしかにありたりと柱時計の鎮みし振子

干竿《ほし》の母の姿のありありて幾つものハンガーにシャツなど吊す

待ちがてを責めなむ際《きは》に来し汝《なれ》の息ざし恋ほし夕つ方なり

こころ貴《たか》き日々なるきみを懐しみ　めくる日記のペン書きの染み

口答へ絶《た》ちひきむすぶ堅き口およぐ眼《まなこ》を夜衾《よぶすま》に観る

同じことくり返し聞く友のこと認知の兆しと報《しら》す友居て

聞きしことうなづきをりしがしばらくをまたまたも問ふ友の淋しも

一日の時のけぢめもぼやけしを見舞ふ施設の介助のベッド

起きゐしに暫しとろみに横たはり問ふさまみせる指のみ揺ふ

耳老いてか今に待ちゐるほどほどに心ただよふつくる言の葉

友集《つど》ふ四十《しじふ》年ぶりの目のそこに木々のま翠り日射しはじける

感激の笑顔に会ひて夜語りす黄金の酔ひ時すでになく

過ぎゆきの君は君なれ己《おれ》は己異なるゆゑに語り余らず

救ひなきふさぐ悩みを言問ひて誰も知らぬをこよなき医とす

孵《かへ》る亀さざむ渚を手羽搏《う》ち振り向かずけり　わだつみ広し

みじろがず鴨泛く水面《みなも》をあを鷺の見すうるうなじに陽のあたらしき

八十三いまだに現役言ふ友の脈診る術《わざ》ぞひねもす羨《とも》し

うんざりの一語をきまりて書き寄こす辟易許さぬ友なる玉梓《たまづさ》

盃に英気言ふ友夢立ちに〈白雲秋色〉誘ひの便りく

乾杯の言祝《ほ》ぎなせと幹事はや年長ならひの花章《はなつ》着けにつつ

先ず国歌稀にはよけれ古稀を寿《ほ》ぐ同窓会の司会清しも

強ひて快活を装ふに
笑はせは朗らな性《さが》とひといふを身倚り無き吾とそと漏らす友

風魂

携へて交はす酒よし請ひて喫《の》む煙草は賤《いや》しといふ吾が祖父なりき

堪へに堪へなほ堪へ生くや齢嵩む稀れにし会へば腰こごむ人

時代劇に隠居を聞けり　六十にならざる祖父母の棲家呼びし名

稔り田に還す難《かた》しき休耕田荒れにし畔畝《あぜ》を孤り足《あ》裏に

飼葉食《は》む仔馬いとしむ人もなく馬もいづこに懸樋の水音

直ぐ立ちの昏れの荒風《あらし》にいさぎよき杉の研《と》がれる人離《か》れし里

母の名言ひてその子？　と吾《あ》を呼びし人らも逝きて曳かる馬見ず

日向の海照る日のいろをみなぎらしあまねく見よとわれにものいふ

勤農の生涯だった

日の灼《や》けば野良着にホーホィ父母の招きし風魂《かざだま》胸に呼ばな

吾が髪の白むも見らで親逝きぬ　まじまじと見つ子の髪のいろ

往き止まぬくずれぬ時間父母の在りにしはただはじけし泡か

箸を執る三度の飯の三杯に幾度《いくたび》かみしむ棚なす田面《たのも》

聳《そそ》る杉村おしつつみおもおもし花紛警《いま》しむゆくりなく媼
棲み捨てし人あまたそれぞれの村

声たてる鶏も子すらも見ぬ郷の鮮美《ささ》ら小川は藪猛《たけ》りたり

小学の三つを併《あは》す中学の五十三人山彦いづこ
小学一校で百人を超えていた

山川の土手一途《すぢ》に鯉幟り吹く連《つらな》りにぽつんと家あり

野も山も飛び交ひ啼きし鳥聞かず片荒れすさむ鋪装の一筋

四十雀《しじゅうから》金雀《ひは》に山雀《やまがら》目白《めじろ》はやいとけなき鳴く音渡り来たらず

何ごとと言ふにはあらぬ大声を蹴立てあげたき名づけやうなく

予感

柔道着万事に構への姿きめ少年疊に正座いく時

青春ははがねの波に抜手みせヘリコプターは宙《そら》にそのまま

三十五度陽のシャワー射る浜に脱ぎ　血のかぎり海奪ふ　乙女《をとめ》ら

垂直に起《た》ち昇りたる雲昼さなか熱中症ほどくほど早乙女となる

四、五十も鴨浮く川にあを鷺の黙契ぞよし唯我の立ち脚

存在は見さくるものにあらずかし待たるることなき帰宅ありたり

やがて問ふ死後の時間のよそほひの流れゆくなり灯籠あかり

佐世保神崎鼻

訪ね来し本土最も西の端《は》よ　ひたとキリスト黙《もだ》す民里

※隠れキリシタン集落

元日に杖を小脇に柏手を打ち了へ翁掌《て》を閉ぢしまま

破魔矢焼く火《ほ》色《いろ》のさまに燃え映《は》ゆるゆらふ振袖賽銭投ぐる

年に一度賀状だけ見る恍惚に奉仕のごとき面の泛びく

今ぞ知る智慧ぞいのちと人の生《よ》を言へばうなづく学び子らは古稀

牛の歩みを具《つぶさ》に
殺さるるいまはの予知を動物園《ゑん》の長《をさ》「元始の力」と檻に対き合ひ
※長＝旭動物園小菅正夫

右はかばふ左はささふ
筆順の秩序をさ指の相《さま》に寄す照り合ひぞよき左と右と

左字に支へのこころよみ解きしヤマトビトなれ右手のこころも

こきりこ

やにはに問ふ降りみ降らずみ気がかりを素気なく応ふは〈これが金沢〉

名だたるを金沢に聞く　ひがし　にし　主計《かずへ》の茶屋も誇る石高《こくだか》

雪疾《と》きや水面に逆さ鮮《あざや》けき兼六園の吊りの筋建ち

白川郷《しらかは》に行かむ思ひを見る地図に庄内川誘ふがに国道一五六《ひといとむ》

立つ岩にタックルのごとぶち当り雄ごころ描《ゐが》きうねる庄川

御母衣《みほろ》なる数ますかずのダム語り酔ひの媼の謡ふ　こきりこ

もてなしの薪《まき》の煙にえ堪へずに乙女子《をとめ》囲炉裏座逃ぐる合掌

九時なるもいまだ昇らぬ秋の陽にひたぶるに思ふ冬の白川

屋根裏へ炉辺の畑はいつ知らに燻《いぶ》さむ茅《かや》のいのちに生《あ》れむ

竹根作《な》す火天《ひあま》に懸る自在鉤「鉄」など言ふもあると亭主《あるじ》は

※火天＝囲炉裏の上に吊す桟天井

切妻《きりづま》にやや俯向きに明る窓祷りはろけし屋根は合掌

軒囲ふ雪の備へかほど近く丈いと高き茅の叢立ち

家地囲む雪溶く溝の水音の止まざる郷にま近も山尾根

明善寺屋根勾配六十度掌《て》合はす造りの雪語る姿《さま》

地の燃え

日向の海《み》照る陽のいろを水《み》張《なぎ》らしあまねく見よと我にもの言ふ

泣きとよむ永劫のさまわだつみの磯白波に安息問はむ

地の燃えを賑ひよびし湯煙の涸れにしえびの人離《か》れゆけり
※えびの＝霧島国立公園

鶸《ひわ》むれの鳴きしく梢《うれ》に魂のあそびし往時《とき》を幻におく

韓国岳《からくに》を霧つつみゆくさうさうとこの冷え暁樹氷みすやも

氷雨もやう陽の休まりの北よりに懸りし虹に低く疾や雲

朱のにじむ港内スローの太文字の波止は人ひと釣りに声なし

騎乗し泥田を駆ける御田祭

車してのたうち廻ると言ひし男《を》の鞭ち打ち勇む　人馬一体

三ヶ所は女《め》岳男《を》岳を二上《ふたかみ》と山呼び祀る豊饒の神

※高千穂八十八社のうち六峰に在り二上神社

谿深むせせぐ岩根をひた閲《せめ》ぎ名の岩つつじ朱《あけ》に染め映ゆ

生き辛きうつつをよそに溢れ咲くクルメツツジの色のかなしも

職に就く難きうつつを学生の煉獄とあり万朶の石楠花

濡《そぼ》つほど視界果てなきま翠の椎葉を削ぎる勇む十根川
※十根＝郷里の利根を十根となし住みし平家落人

齢いくばく突如の〈断念〉胸に聴き恰好の一語声にさだまる

山よろふ僻土のここになにゆゑに巨大城疉《おほきまもり》か息呑み問ふも

昼さがり石の砦の城趾《あと》に声ほととぎす歩《あ》をとめ聞けり

高だかし石垣めぐる二の丸の井戸の黯みの深き歳月

葉月なる星燦々と散りしくをまなざし仰ぐ夜半の清《すが》しき

染《す》めら

二つなき戦ふ道を一本の火の矢と教へし先輩帰隊せり

全寮制、学徒動員命令十五歳だった　一九四五、四、一

男の子なれペンは執らざり叱咤の船台《ドック》木造なれど油送船《タンカー》造《な》せり

仕事は激務であった

体調を一人帰省が甘藷《いも》畝《うね》の溝に弾被《う》け死　空爆止まず

運命の確かにあるを教へしは機銃掃射に唯一人死にし学友《きみ》

写し絵にしばし目をおく戦場へ届くる船に槌もつ吾も

進水の船の姿にしたしまむ一日《ひとひ》とてなし爆撃に裂く

海焦《こ》げる汗の記憶に日をおかず機は水際《みぎは》まで群なし襲ひき

※機＝グラマン戦闘飛行機

戦ひの惨《むご》きちまたを眼《ま》な底に卒寿のいのち閉ぢて逝く従兄《あに》

戦争を「肝《ちむ》に染《す》めら」と詠みし琉歌《うた》口になすさに「染《す》めら」染《し》みくる

沖縄は外間《ほかま》守善琉歌

※国守りと思て散り果てしあはれ鎮魂《しづたま》の願《にが》い肝《ちむ》に染《す》めら

特攻隊員1036人戦死知覧193人死亡

灯籠の並び建つ道登りつき特攻義烈の鎮魂に俯す

お母さん死出《かどで》のま声プロペラに震はし果てむ知覧を特攻

背《そ》向かれぬ無窮の翼特攻を寒暖計のごと微々に感知す

出撃のいまはの裡《うち》の怯《ひる》みなきあまねし遺品にうたれみだるる

沖縄に果てにし人の遺志をみむ礎の石の黝む底ひに
感慨あらたに

人日

海中《わた》をひた奔り輝《て》り灯台のもつれぬ黯き波頭《がしら》はや
いとけなき眸《め》に寒さ寄せうばたまの夜半の氷の装《よそ》ひ秘む女人《ひと》

窪田章一郎、詩歌文学を講じし吾が師

筆連らね亡き妻詠ます師の君の『薔薇の苗』はもどこまでも妻

※『薔薇の苗』＝歌集の名

何か一つこの吾に現役といはしむるものを探ぐる人日《じんじつ》

苦しいがゆゑに生きゐる吾にあれど声なきはずの声に気づけり

庭木々の冬の木末《ぬれ》を連れ鳥の片時去らず啼くもみせざり

とある家並みそぞろ歩けばまたしても空家売地に廃屋かたへに借家

ひもすがら動ぜぬ深山《みやま》のほかは見ず貧血ざみを動き沈めて

小学時の師の訃あり

逝きたまふ師は吸入の器をはずしわが身を濯《あら》ふつかの間にとは

哀れまず衰ふ肌の筋ぶとの脈褒めにつつ針刺す看護師

朝かげの安けさみする大揺れの青葉風鳴る梅雨《つゆ》の日もあり

果たしえぬありったけを嘆きつつ溢れあまねく温き湯舟に

閂《かんぬき》を鎖ざせしごとくもの言はぬ在宅電話よ凍《し》みつく孤立

かたち見ぬ風の行方を恋ふほかに心泳がす備へ亡《な》くしぬ

時をおきて淋しさ思ふ淋しさは熄むをみせざるとよむわだつみ

さみさみと息ためらはず曳く雨にせむすべなきを見つつに思ふ

しんみりと独りし酌めば唇《くち》濡らししたたか交わせし友ら見えくる

各自《とりどり》に煮ゆるを選み食ひしさま泛びて箸のひとり鍋食《は》む

いくそたびかなしと詠みし牧水の傷つくことなきかなし纏はる

村人の集ひて呼びし〝町〟なるも人離《か》れその名消ゆるなりはひ

酔ひ客を賞《め》でにし通り景《かげ》もなく防犯灯の点る家並に

睦まじく支へ強くし生き居るに特集記事の見出し「貧村」

夕されば歌曲の調べ騒《そ》々めきぬノレンの街のあざとさちりぢり

道の幅員に家なす余地なき山間集落

去年《こぞ》の豪雨の諸塚傷のまま　今年もか目をみはり閉ぢる口ざま

迂回なき一筋主道《みち》の断絶の滝つ泥流止めるをはかれず

道端に住ひの軒みせ川法《のり》に支への構へし二階をみすも

非情とも歯科へ

しりしりと研磨は点にしきりなり食習慣を歯周に削《そ》がる

逝くものは斯くの如きか昼夜を措かず孔子

躊《ためら》はずさはどばざはとほとばしる夜鳴りなす川逝くもの観《み》つむ

息

海山《うみやま》に　人すらみそなはず手力《たぢから》を　世界に見さす　ネットの無人機

朝時雨《しぐれ》二重の虹の大きさに　心せまりて裾景《かげ》を見ず

確認せず施錠の車、温熱の中に死にし
のみつくし　すいとうとあり　えんじはや
そうげいバスのくじかんの　息

浄められた言の葉
沍渡《さえわた》る大吟醸の笑みふくみ　心神《ここち》俟《ま》つ歌伊藤一彦

大吟醸みだれ誘はぬ芯《しん》をもつ大和《やまと》の酒の一合ぞ佳き

感染症の備へここにも

満堂の講話に見つむ満面のマスク頷くコロナのまぶた

講話なす声は空《そら》ぞら貫《ぬ》けゆきぬコロナマスクの隙間作《な》す席

予備校もなき地方の進学高校

らんらんと日に九時間を教室に進学の幸《さち》を強ひし日々あり

※九時間＝正規七時間前後課外

うすらひのうすきを曳きて海《わた》の底瞑《つむ》れる巨烏賊《おほいか》眼《まなこ》愛憐《いとほ》し

積乱雲勢ひ直く人を呼ぶ　遥けき宙《そら》に　この身起《た》たすも

爽爽《さわさわ》と移ろひ深み行く秋ぞ　熟《う》れざる未来　封印なさむ

佇《た》ちしなふ孟宗《もうそう》

竹林《ちくりん》の一《ひと》佇ち一佇ち息の緒の静かも充ちく　掌《たなごころ》はも

蒼蒼《そうそう》も宙《そら》の無我はや短詠に　いまひとたびの勤《いそし》みなきな

心の遊《すさ》び——相聞——

発信

わぎも子を波みつ眸《まみ》に
にほやけく
誘《いざな》ふまことといかにせむ
やまとの遠きおほ祖《おや》の
はかり慕はむ
ゆるす答《いら》へを

返信

血潮みつこころ深しき
意気発《た》つる
あな夫《せ》の君と
永遠《とは》にみつみつ
此方《こちがた》の祷りは
日のあるかぎり

Ⅳ（一九四五〜一九五三）

初ひ学び抄

度《たび》ごとに言の葉知らむと読む書《ふみ》の匂ひ新らし頁《ページ》をめくる

穫り入れの麦の穂波の山峡《かい》に白煙長く里を包めり

悟り得ぬ生き居る自然いたいたし乾《ほ》したる穂麦今日も濡れ居る

朝昼を南瓜ですごして寝ころびて本読む昼の暑さしのげず

いつしかは朽ちぬ我身の儚くば秀歌口する身こそ希ふも

牧水の生《あ》れし日向の国に在り慕はむ秀歌手取りてやまず

明日は明日の歌なれと言ひける啄木今日も偲べり

しほしほと唇《くち》もて奏でるその君の悲しきうたに泣き乾《ほ》す涙

教室の一隅騒ぎぬ何事ぞアメリカからの便りとかざす

巡り来しアメリカからの手紙みる十六の娘《こ》と書いてありしを

落書きを得意とはなす友の書く馬鹿と言ふ字のそこここにあり

何も知らぬ子を叱りてはあやす母陽の照り注ぐ春の縁側

菱餅を紙に包みて野に開くその楽しみも今は消《う》せ徂《ゆ》く

ふらふらと立読みし書の事よ書肆《し》に忘れ置きし如く思へはっと惑へる

心《うら》悲し夢に疲れし時の目覚め床をも出でず目をばつぶりき

黒髪を申し訳にも櫛解きて出で来る君の笑みの清《すが》しき

軽やかに茜射すなりふるさとの杉の山路を山彦の征く

待ち侘びる者に出会へる心地もて列車停りし度に駅名を読む

30分刻みて停車二昼夜の駅弁こらへ　東京憎まず

納豆の売声わびて臥す床に　その子の担ふ足なる歩み

少しづつ懐しくなる納豆の声なす姿見たきほどまで

嗚呼！　吐息啄木日記つひに読みかなしさしぼむ時を確かむ

畜生！　常に腹の底にあれどいかにせむいまだ叫びしことなき言の葉

電車より降りるなり俯向きに歩く吾《あ》となりぬ掻き乱す頭支へる如く

多き女よりたかられ話の筋変へて長々喋る友だけのわが部屋

疲れてし吾が身を血潮に染めむとぞ思ひて今日も書肆《ふみみせ》あさる

その本は左翼系だね友は問ふ瞼開きめくりて頷く一頁《ページ》

あながちな事はあらじと見つめみる日記帳に挿されてありし歌ぶみ一つ

そのうちに又いらっしゃいねと汝《な》の声をプラットホームに拾ひて帰る

講義受く書を求めきぬ今日もまた血をしぼる思ひの書肆《しょし》をうらまず

ほのかなるかすみを帯びて生ひ立ちの村はあまねく輝き装ふ

母のことそこはかとなく書きてみたし胸にとどこるわびしきことども

門前の家並みの接待で名のある御社・日南市

日に幾たび「度数参」の徂《ゆ》き徠《き》なし榎原《よわら》神社の揉《もみ》合ふ祭り

梳く髪を映す鏡の小ささはいとしきものぞ汝《なれ》のたまへる

都井岬に牧水歌碑

東雲《しののめ》の光《かげ》さすところ入江なす海にかまへて碑《いし》堅く建つ

古日記――なべて寝《いね》するその時が誌されあれば小夜のわびしき

つまづきし事もあらなくこの年もかなしき事に新まらむとす

七草の頃の野焼の残り火を夜眺めしを息づきにけり

懐しもめろめろ焼《も》ゆる野焼火を麦田に佇ちて眺めたる頃

青春の辛きたづきを癒すべく友恋ふ宵の春嵐かな

可愛いもの失《な》くなりしごとたちかへる大声をもて笑ひせしのち

猛けだけし高鳴る胸のほとぶきを君の瞳に映したきとき

思ひきり我が街中を駆け出してみたく思ふと友の便りく

政党の横暴を説く録音に虚偽とデッチ挙げの言葉がひそむ

※テレビ未だラジオ「街頭録音」あり

忙《せは》し時歌の出来るてふ者もゐつこの世の中よあざとき昏さ

一九五〇、一、一

学びける中学の里元旦に待ちにし市制その名日南

山峠越しの通学

暁に起きて焚火し通ひたる学び舎への路いかになりけむ

俯し見れる山路に在りて焚火しつつ語りし寒の頃を思ほゆ

叱られるのは必ず宵

開き戸を閉め出《いだ》されし淋しさの夕さりくればふともかさなる

寒《さむ》空の星降る如き拍子木の響かなしや旅のわが胸

多摩川に旅を想へば雲間なる遠みに顕《た》つ富士　友のごとかり

白妙の雪積む朝《あした》恋なづむ心抑へて襟深う佇つ

いとほしき君の姿の去らぬ日よ遠くふるさとむすぼれにけり

肉深きリンゴに歯並みかかるとき君の姿にわづらはされぬ

子守唄夜十一時頬枕などなす胸のうづき和《なご》めとしばし

うち寄する波つくあたり日向路に我が乗りて来しバスの行く見ゆ

燃えもえの野火にも似たるその眼《まなこ》此の一瞬ぞ吾の惑ひは

我が笑ひ嬉しと思ふな君故の悲しさあればかくも笑はむ

手綱は馬は縦蹴り牛は横蹴りに備へる

馬は曳く牛は追ふなり親しさの家畜よりそふ日々もありたり

全て未知の生活であった

親友を東北信越に限りしは宮崎の吾《あ》の恥の戒め

あまりある友の親切沁む時し一食絶ちの責めを自ら

あとがき

ヤマトの遠い日、わが遠つ祖《おや》は文字を持っていなかった。ひたすら〝声音言語〟での日常であったはずだ。

漢字が渡来した時のことを思う。

漢字音はそのままに拒むことなく受け入れ、固有の自らの〝声音言語〟を放棄することなく、むしろ、誇り高く伝承する方途《みち》を探ったにちがいない。加えてヤマトの老祖は〈かな・カナ〉の案出でヤマトことばを貴び、豊かに麗しい調《しらべ》で日常を進化させてきた、との思いを感銘あらた途切れることなく私はもつ。

その証しは挙げるまでもないが、ひ・ふ・み・よ・い・む・な・や・こ・その数詞を知れば納得できよう。

「かな」のゆるぎない不動一文字の比類なき絶対性を感知した、ヤマトビトの口承伝達の偉大さは、さながら崇高の極みというほかない。よどみない音を表出する「かな」で表記を象徴的に一例を示せば、三十日（ミ・ソ・カ）で全ったきを得られよう。

ヤマトウタに親密さのつきない思いを、いつも心に得ているのもこの思いからである。渡来の漢字の特権に丸ごと順応せず、漢字音は漢字訓《よ》みを傍に収め、やがてヤマトビトの日常語としても仮名書きの案出で同化したとの思いが私の言語を圧する。

宮崎の県南部、山間の村里に成育し、小学四キロ、中学（五年制で男子のみ）十五キロの徒歩に馴染み、やがて二十二歳で公立高等学校教師に就いて定年。その後専門学校教師、地方、家裁の家事、民事の調停・司法委員など十数年に及んだ。それら歳月の中で、自発の心情を音韻で訴えてきた幾多の悠かな人々の時空あるいは非日常的な、そぞろ身に沁み、心潤う高みに、ひたすらな昴ぶりをもつ。

私がヤマトウタに低頭した機縁である。

かな書きの〝声音語ヤマト〟は純血性を守ったヤマトビトの心意気の結果ともいえよう。今は悠かな幾多の明哲に畏敬を捧げるほかない。

歌は祷《いの》り、訴えともいえば、心のひかり澄んだ〝ヤマトことば〟の拒みがたき潔さ、ゆかしさ故に、涸れる抒情を怯《おび》えながらも、「死節時を作らず」を齢《よわい》の鋼《はがね》にして第四集を編むに到った。

表題は本書の

日の灼《や》けば野良着にホーホィ父母の招きし風魂ま胸に呼ばな

に因った。人の生《よ》の過ぎ行きを抒《の》べる憶いからであり、他方では「眼聴耳視」今在る自己を確かめる装いからであるとして——。

この度は、毎日歌壇選者伊藤一彦氏から得難い序文を戴いた。思えば久しい深交の限りで、それとなく無量の歌のあるべき道の啓発を浴びた。感激と相俟ってお礼を申し上げます

出版には編集部原田浩二氏、また万般に亘り出版企画部小野幸久氏のお世話にあずかり、御配慮戴いたことに感謝します

松田義信

二〇二三年五月二五日

著者プロフィール

松田 義信（まつだ よしのぶ）

1930年　宮崎県日南市生まれ
1953年　早稲田大学教育学部国語国文学科卒業
宮崎県都城市在住

風魂《かざだま》　松田義信歌集

2023年9月15日　初版第1刷発行

著　者　松田 義信
発行者　瓜谷 綱延
発行所　株式会社文芸社
〒160-0022　東京都新宿区新宿1－10－1
電話　03-5369-3060（代表）
03-5369-2299（販売）

印刷所　図書印刷株式会社

ISBN978-4-286-24488-4